活寶

烏龍院 精彩大長篇

13

漫畫 敖幼祥

人物介紹

烏龍院師徒

長眉大師父

面惡心善的大師父，不但武功蓋世內力深厚，而且長眉毛的直覺奇準。

大師兄阿亮

體力武功過人的大師兄，最喜歡美女，平常愚魯但緊急時刻特別靈光。

烏龍小師弟

鬼靈精怪的小師弟，很受女孩子喜愛。為延續活寶生命讓「右」附身，成了內陰外陽。

大頭二師父

菩薩臉孔的大頭胖師父，笑口常開，足智多謀。

活寶「右」「左」

活寶「右」為長生不老之陰陽同株的「陰」，活寶「左」為陰陽同株中的「陽」。「右」和「左」歷經劫難，現分別附身在小師弟和沙克．陽身上。

艾飛和艾寡婦

艾寡婦是斷雲山樂桃堂的老闆，其丈夫為尋找活寶而失蹤八年。女兒艾飛曾陰錯陽差被活寶「右」附身，在活寶「右」轉換宿主到小師弟身上後，隨即進入休眠狀態，被沙克．陽綁架。

老沙克

沙克．陽的父親，人稱沙克老爺。因為知道自己的兒子被活寶「左」控制了，打算用活寶的天敵菌月蟲予以消滅，卻不料自己狠不下心對兒子下手。

季三伯

煉丹師沙克家族總堂——藥王府的藥物專家，精通各種藥物以及解毒方式，掌管藥王府地庫機密藥材。年輕時遭逢意外導致下半身癱瘓，對弟弟沙克．陽懷有恨意。

馬臉

被沙克·陽殺害的胡阿露的手下，因為驚覺沙克·陽被活寶「左」附身後，已不顧手下死活，決定不再忠誠事主，計劃為胡阿露報仇。

醉貓與肥肥

醉貓酒館的老闆，曾收容艾寡婦賣唱打工，和其寵物肥肥雖然整日醉醺醺，但其實心地善良熱心，路見不平常常拔刀相助。

貓奴

曾為青林溫泉龐貴人的傳令，身手靈活武功高強，視活寶「左」為仇人，一心想為被其殺害的龐貴人報仇，所以找上了正被「左」附身的沙克·陽，卻不小心愛上了沙克·陽。

有儉與狗子

煉丹師沙克·陽的右護法有儉，心狠手辣，工於心計。奉命駐守在斷雲山下企圖攔截從極樂島回來的烏龍院師徒。其跟班「狗子」懂得變形法術，把烏龍院師徒們搞得人仰馬翻。

南瓜子幫

因為沙克·陽必須出發到藥王府為父親祝壽，而被找來幫忙看守宅院的幫派分子。對於神祕的宅院心生貪念，最後掉入沙克·陽早已安排好的陷阱中。

目錄

第94話

潛伏在身邊的惡魔

真假肥肥相見後勇猛白虎出手援救

汪
嗚
噢
嗚
!
噢嗚嗚！
嗚～

AAAA
…
咽

喂！不能
叼走啊…
!
EEE
PAGEN
BOOKEN

哇
KACHIN
吼
吼
吼
抓到那隻
妖狗了嗎？

掉落河床
了嗎？
吼
只找到他的
帽子……
還有一隻
癩蛤蟆的
屍體！
一定是沿著
溪谷逃走了！
趕快追！
要不然愈跑愈遠
啦！
吼

快追！
BOLO BOLO
呱
差一點就沒命了，先回去再說……
呱

第95話

嗜血複製二號有儉

腥風遮天烏雲蔽日暗湧急至的殺機

咻
咻
六出祁山
七擒孟獲
醉猫
咻
單刀赴會！
哎唷喂…
怎麼又輸了！
再來！
再來！
三請孔明！

十面埋伏！
九孔不入！
哈哈！你輸啦！
快喝！快喝！
喂！
你眼花嗎？
看清楚！
我只出四指！

你這羅蔔指…四和五根本就一樣嘛！
喂！你別輸不起呀！
連輸五十拳…怎麼可能…
哼！還自稱是醉貓呢！酒拳爛，酒量更爛，真是砸了招牌！
超沒勁！改名叫「小醉雞」唄！
喝就喝！少囉唆！
BOOM

再…再來…比……
好啊！來呀！
這…這次絕…絕不會輸…
……
PATA-
BOOM
PATAA!
嘿嘿！用蠻力跟我拼酒，恐怕你八輩子也贏不了……

嘿嘿嘿!!
報告護法!
敢打擾本
大爺喝酒!
活得不耐
煩啦!
咦?
人呢?
躲在哪裡?

護法，我在您腳下哪！
呱
呱
狗子！
你怎麼變身成了癩蛤蟆啦？
護法！我追到目標了！
所以先趕回來向您報告！
烏龍院的人從極樂島帶回了活寶之首，正趕到苦菊想合併全身！
烏龍院的人回來了！

那…你有奪到活寶之首嗎？
這…這…
本來是已經到手了！
但是…半途出了點狀況…所以…所以……
POW!
EEEK
沒用的傢伙！你變成這德性逃回來！我就知道沒拿到！
請…請大人原諒！
烏龍院那些傢伙實在難搞定啊……

護法……
饒命……
SUUU
BU
嗯……
PUUU-
BAAN!

呼 呼
好強的酒氣衝擊！
哼！看來我得親自動手才行了！
狗子，你變成我去引他們來！
我再暗中突襲，奪取活寶之首！
呱！
護法英明！此計甚妙！
呱！
就請護法賜血吧！

!!
DRUUP

ZAP
ZAP
QUEN
KOKOKOKO
ZAP
ZAP
ZAP
ZAP
嘿嘿……

很好！很好！
嘿嘿……
護法過獎！
我是有儉！
你是假的！
我才是真的，
你是假的！
哈哈哈
哈哈哈
哈哈哈

喲！好一個狗奴才，學得還真像！
PiPiPi
喲！好一個狗奴才，學得還真像！
PiPi
PUNCH
造反了你！真把我當狗啦！
嘖！

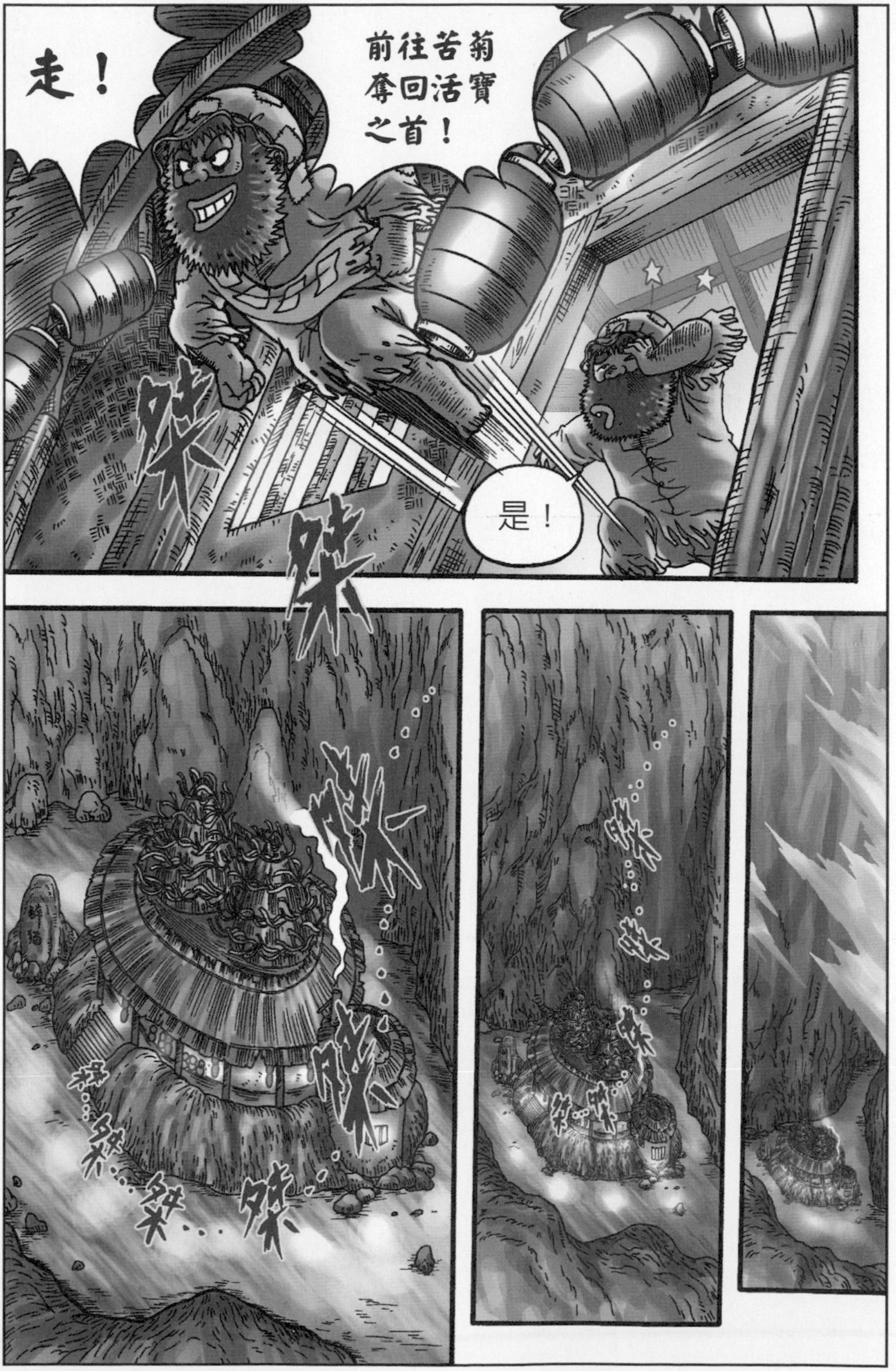
走！
前往苦菊奪回活寶之首！
是！

有發現
什麼嗎？
追了半天，什麼都沒找到…
難道就這樣不見了嗎？
我再往前面去看看！

當心被急流沖走！
好滑！
SLIP
POW
救命呀！
師父！
阿亮！
哇！
HUA

抓住我的手！
水流太急
拉不住啦！
哎！
POW!
你别拉我！
是你叫我
拉住你的！

後面！後面！
HUA
KUN
哎呼~
咕嚕
吼！
白虎快想想辦法……
快點啊……
HUA

喂！你瘋啦！
你在幹什麼啊？
JUMP
POTOM
阿櫻怎麼養這麼蠢的東西！
吼
叫你在岸上救我們！
你跳下來製造麻煩嗎？

A!PO!A!PO
HON-IION
前面是瀑布！
HON-HON HON-HON
PeliPALA PeliPALA
死白虎！閃得比我們還快！
快點往回游呀！
HULAHULA
Pala Pala
HULA HULA
吼吼吼

WA
不行呀！
衝擊力太大啦！
HOLLON

哇

POTOM
BOLO BOBO
BOLO BOLO BOLO
BOLO BOLO
噗哇！

HONLON HONLON
大師父！
你在哪裡？
白虎！
大師父一定是沉入潭底了！
大師父喪身魚腹啦！
完蛋！完蛋！他肯定完蛋了！
尋找活寶的重責大任之後就落在我的肩上了！
大師父您請安息吧！
BOLO
BOLOO
BOOLO BOLOBO

HUALALA
耶！
大師父！
擤
PANSHOT
你剛才叫
誰安息呀？
誰完蛋了呀？
沒事…
現在我們要
怎麼辦呢？
你不是說要
扛起找活寶
的責任嗎？
就從長江頭找到
長江尾，沒找到
就去跳黃河吧！
TURN
您就饒了
我唄！

看樣子
是被他跑
掉了！
先返回
苦菊再做
打算吧！

第96話

真肥肥叼來新希望

活寶之首奇蹟再現守護長眉度難關

忠羊大雄之墓
可憐的大雄！
下輩子投胎到好
人家吧！
寄望有下輩子
才是最可悲的
想法……
長眉到底能不能
追到那隻妖狗取
回我的頭啊？
你的頭…
喔！就是
活寶之首
……
這個嘛！
很難說，
或許……
咳！
聽他那種口氣就是沒有
信心找回你的腦袋……
…

妖狗身懷奇門遁甲變身之術，欲擒此怪豈是易如反掌之事？
子曰：……
啊！
窮書生就只會咬文嚼字，說些沒志氣的話！
啊什麼呀？
妖狗
啊啊啊！
咽

牠衝過來啦！
汪
JUMP
奸詐的妖狗！
怎麼辦？怎麼辦？
一定是趁著長眉不在回過頭來消滅我們的！

超可愛！
一臉天真無邪……
不要被虛假的糖衣迷惑了！
妖孽總是以美好的形象在矇騙愚昧的世人啊！
COM
看哪！牠嘴裡叼著的是…是…是…
我的頭！
…

感覺到我的頭正浸泡在
鹹濕的口水裡發出哀嚎！
我一輩子沒殺過狗，別逼我犯殺戒！
快吐出嘴裡的東西，饒你不死！
咽
咽
咽
咽
嗚咽！
牠的口水直流，一定是要變身啦！
忠羊大雄之墓
你快動手，不要再猶豫了呀！
咽
咽
咽
替天行道！給大雄報仇！
AWO

腦漿四濺，
慘不忍睹…
死了嗎？

妖狗竟然被嚇得脫糞暈死過去了…
奇怪了？
這麼不堪一擊?!
牠把我的頭吐出來啦！
HAHAHAHA
謝天謝地
終於回到我身邊了！
不對呀！這隻肥狗好像不是上次那隻…
你怎麼認得出來？
這隻狗的那話兒要比上次那隻的大多了…
哦！真的嗎？

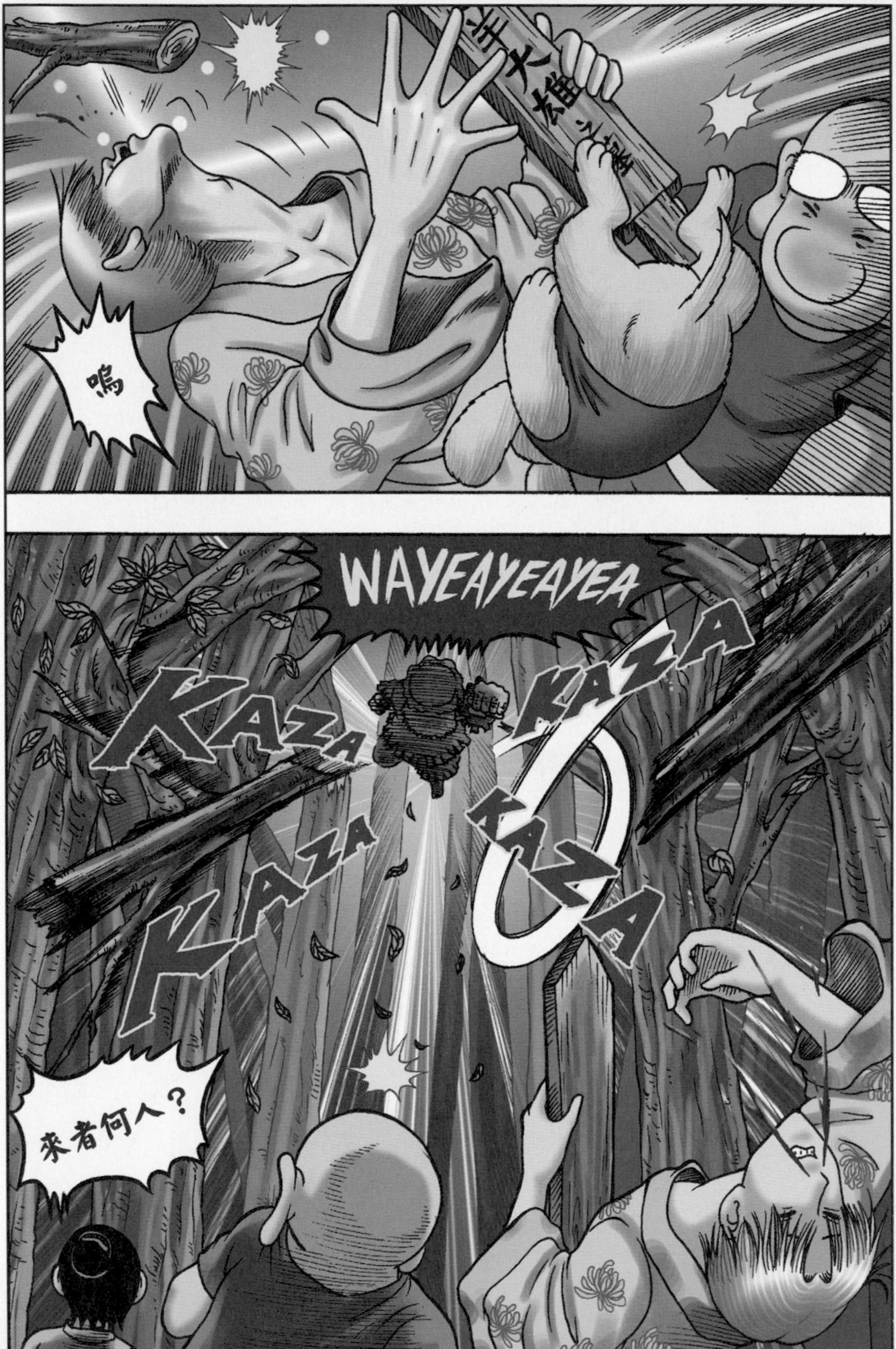
嗚
WAYEAYEAYEA
KAZA
KAZA
KAZA
KAZA
來者何人？

交出活寶之首！
沙克·陽的走狗！
砰！
不能再讓他們搶走我的頭了！

有我在此，他休想
動你一根汗毛！
力劈華山
左掄北海
右夯崑崙
HOU
喔！肥佬身手
好犀利啊！
直搗黃龍
SUPON

ZOOM
我得想辦法
把他引開！
別跑！
胖師父佔
上風了！
加油！
來呀！來追呀！
胖師父！

桀
桀
桀
桀
桀
怎麼又出現了一個？
兩個有儉？

WA
肥佬！
你上當啦！
CON
你再動就
打爛你的
頭！

小朋友，乖乖地把手上的東西交給叔叔。
休想！這是我的！
不能給他！你快跑！
DON

啾
啾
啾
啾
喔！好硬的大頭……
狗子！攔住他！
嘿嘿嘿
你想去哪裡呀？
SOUEE

乖乖地把東西
交給我！
你…
捏我臉臉…
喲！
臉紅啦！
還會
害臊呢！
吃我豆腐！
沒有人可以
CRACK

哎喲！
好可憐喲！
哎呀！
你也一樣！
PIA！
哇！身體像
石頭一樣硬！
嘿嘿！
你現在知道誰是
真的有儉了吧！
你⋯⋯
可惜你發現
得太晚啦！
⋯⋯

我跟你拼啦！
烏龍
連環腿！
TOOR!
TOOR!
TOOR!
TOOR!
TOOR!
TOOR

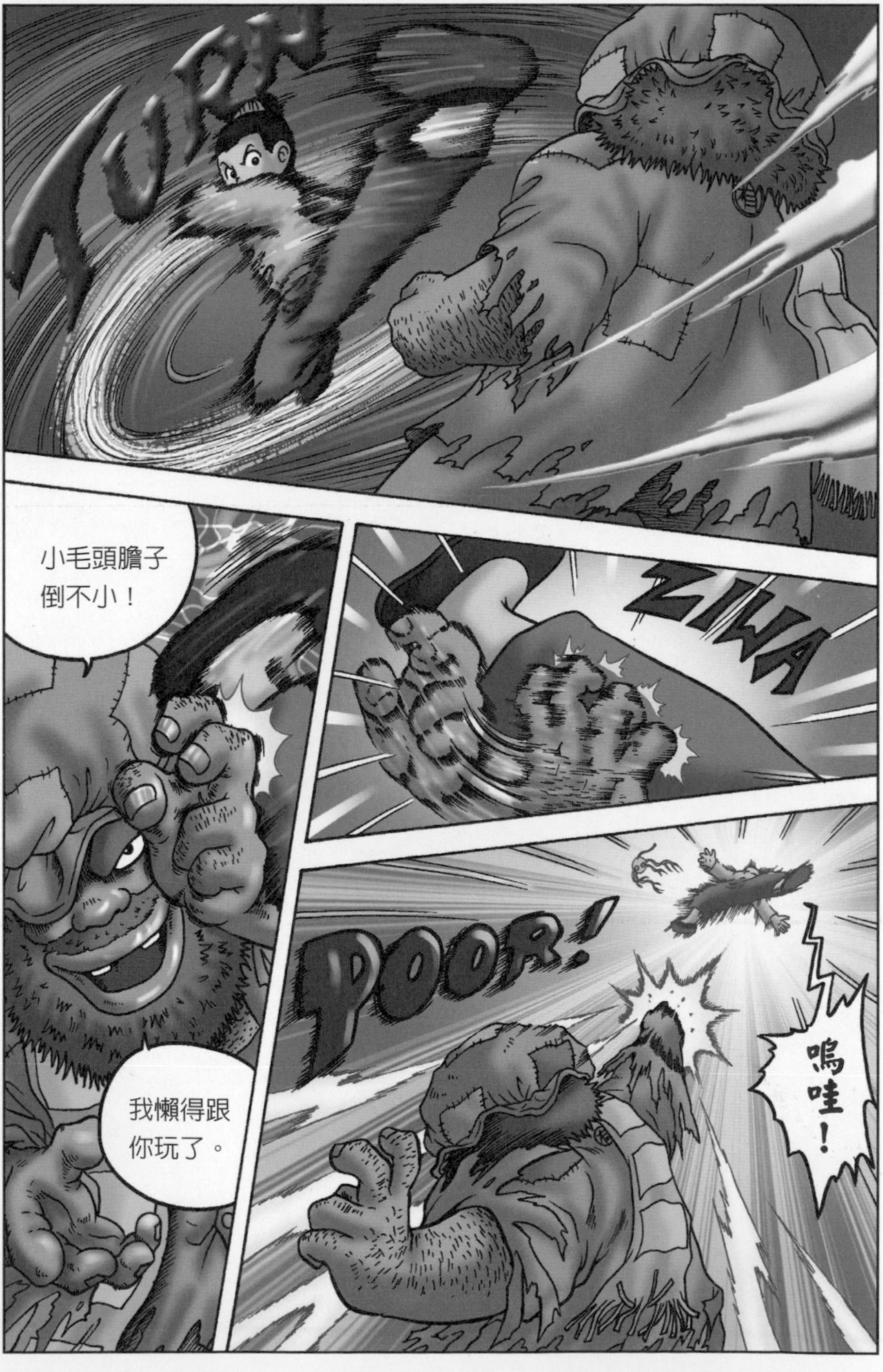
TURN
小毛頭膽子倒不小！
ZIWA
POOR!
嗚哇！
我懶得跟你玩了。

活寶之首！

嘿嘿嘿……
恭喜主人！終於拿到活寶之首了！
現在可以去向沙克少爺邀功啦！

胖師父！小師弟！你們在哪裡？
糟！
是長眉他們回來了！
咱們再來一次「偷天換日」的雙胞計！
你在這裡做餌把他們引到林子後面的山壁……
奇怪？他們跑哪裡去了！
小師弟！
嘿嘿嘿
長眉，你是回來送死的吧！

出狀況了！
快過去！
這塊木碑上要多加一個長眉之墓了……
忠羊大雄之墓
有險！
胖師父被打傷了！
喂！醒一醒！發生什麼事了？
活寶之首在我手上，想要的話就過來拿！
忠羊大雄之墓
ZOOM

去你的！
過來呀！
來呀！
嘿嘿嘿！
胖師父你要說些什麼？
怎麼一直比勝利的手勢？
呃
嗚
身受重傷仍心有勝念，令徒兒感動…
有…兩個有儉……
警告長眉別…上當！

大師父！

前面没路了！
你往哪裡逃？

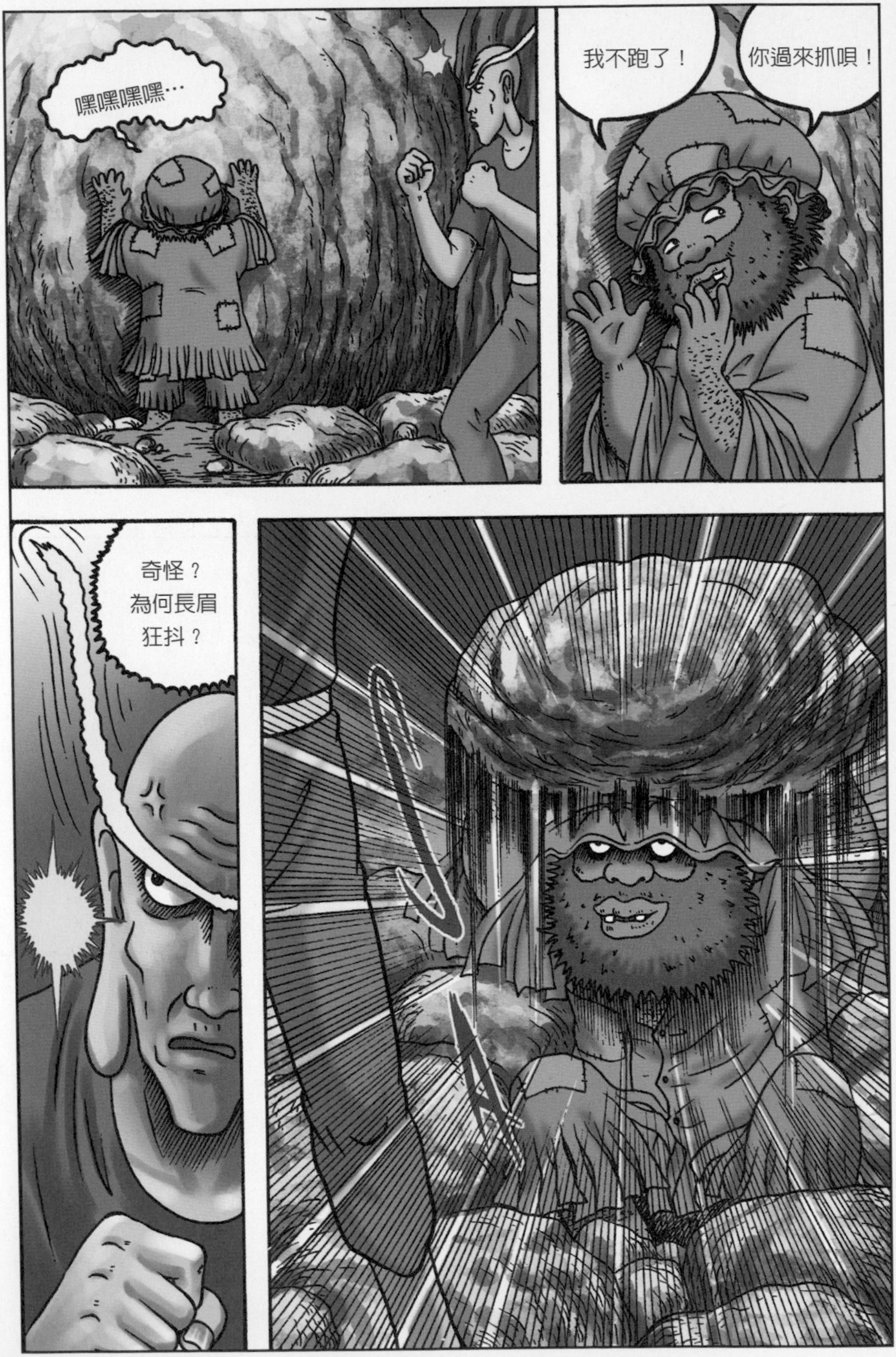
嘿嘿嘿嘿…
我不跑了！
你過來抓唄！
奇怪？
為何長眉
狂抖？

這一記的力道，足
夠把一頭水牛砸成
粉碎性骨折啦！

第97話

活寶之首威力再現

烏龍大師兄力拼兩個有倹反敗為勝

臭老頭！
你再牛呀！
喂！你這奴才別
亂踢我的獵物！
讓我來教教
你，如何踹
一條老狗！
對準他的肝臟踢
下去！不死也少
去半條命！
SUCK

大師父！
烏龍院的人追過來了！
哦！是這個驢徒弟，用小姆指就可以捏扁他了。
喂！你…你們快放開我師父！
嘿嘿嘿…
小傻蛋，我們又見面啦！
嘿嘿嘿…
小傻蛋，有沒有變聰明點呀？

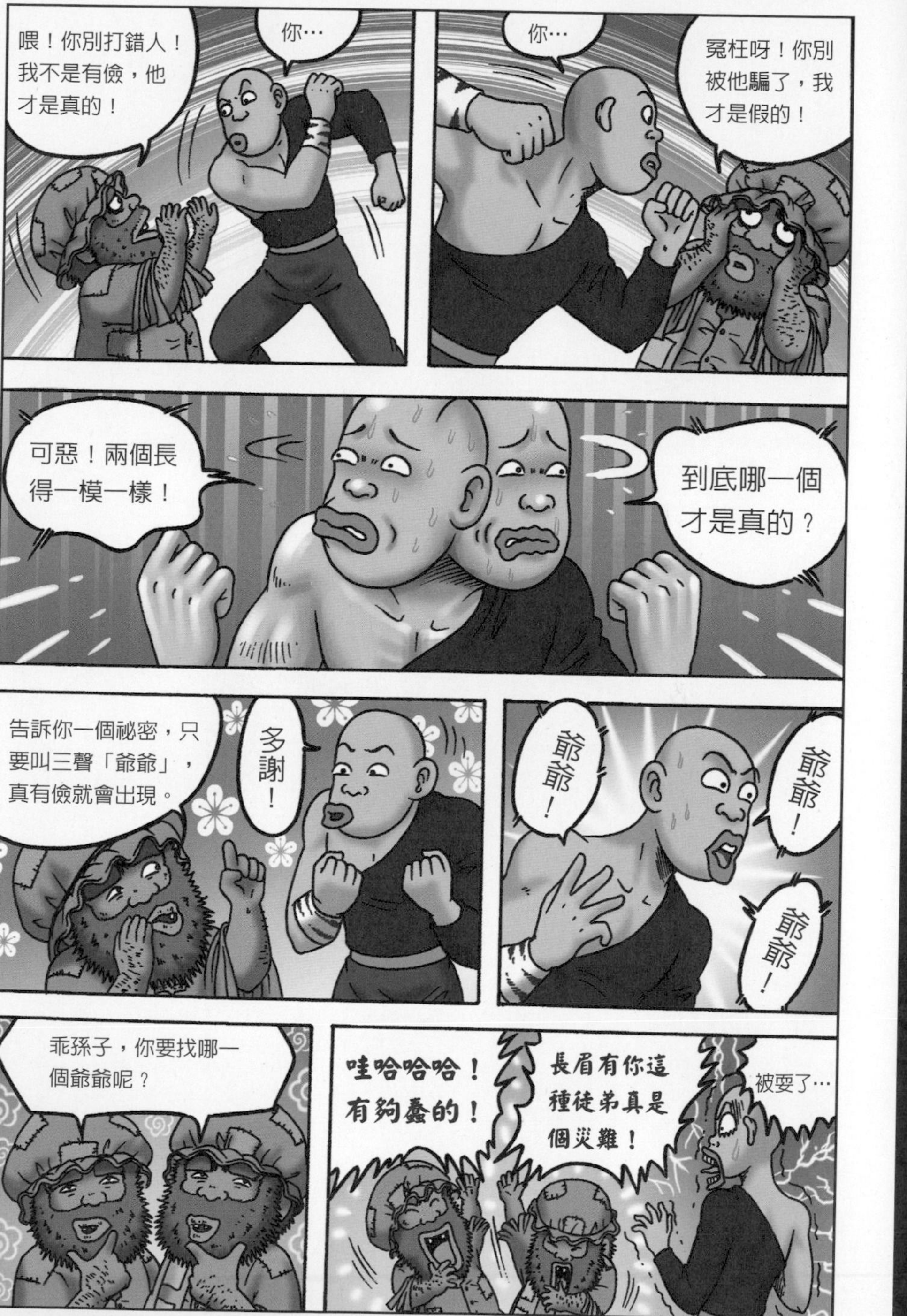
喂！你別打錯人！我不是有倹，他才是真的！
你…
你…
冤枉呀！你別被他騙了，我才是假的！
可惡！兩個長得一模一樣！
到底哪一個才是真的？
告訴你一個祕密，只要叫三聲「爺爺」，真有倹就會出現。
多謝！
爺爺！
爺爺！
爺爺！
乖孫子，你要找哪一個爺爺呢？
哇哈哈哈！有夠蠢的！
長眉有你這種徒弟真是個災難！
被耍了…

大師父！您別剛醒來就罵人嘛……
丟臉！本大師有教你可以隨便叫人「爺爺」嗎？
還連續叫了「三次」…
你們要打就打我吧！
子曰：「有事弟子服其勞。」
住手！拜託你們別打他！
他一把老骨頭，風濕加上關節炎，耐不起折騰啊！
死老頭閉嘴！你還真囉嗦！
哎！
哇呀！
PUNCH!

哎喲喲！你們還真的不會客氣嘛！
兩個打一個實在划不來！
算了！一言既出，駟馬難追！
為了大師父挨幾拳算什麼！
來吧！
KIN!
TON!
POOR!
SUCK
CICO!

PUKA
哎喲！
CODON
白…
白…
你是不是又要罵我白痴啊？
對啦！我是白痴！白痴！白……
對呀！白虎！
傻小子在嘀咕什麼？
狗子！我就把他賞給你啦！
呃
嘿嘿嘿！我最喜歡生吞活人的眼珠了…

白虎！
吃肉啦！
WOA
!

KAZA
哎呀！！
我的手呀！

ZAP
ZAP
ZAP
ZAP
ZAP
ZAP
ZAP
ZAP
ZAP
ZAP
他是個變身人！那隻肥肥是他變的？
就是他！
就是他殺死了大雄！

吭—
JUMP
哇
TWO!
以眼還眼！以牙還牙，
哎呀！
YEA
雙龍出海
PUNCH!

SH....
活寶之首！
ZAAP
喔！差一點就摔成爛番茄了。
CATCH

大師父，活寶之首找回來啦！
現在要怎麼辦呢？
這對接班人真是莫大的肯定！
大師父竟把如此艱難的任務交給弟子！
快附身！逼他說出艾飛藏匿在何處！
行了！行了！你快點吧！
小猴子胸前中箭後，血連及活寶之首就能成為附身……

可惡！
臭小子！
我要殺了你！
你動作快一點！
不要再猶豫了！
哇！他衝過來啦！
我幫你擋拳！
爭取時間！
大師父…
拚啦！
COTOM

哎呀！
我的背…
長眉，你找死！
好痛…

我要附
身啦！
POW
CHIME
哇！什麼
鬼東西？

邪門！
AAA

報上你的來歷，
不得有半字虛假。
是！
我名叫
有儉。
三十二歲
湖南人。
小名叫
「毛刷子」。
十八歲進入藥王
府當護院武師。
存款26,379.5元
買不起房子，
住在破宿舍裡。
二十六歲被提拔為
護法，並被老爺指定
去輔佐沙克．陽。
到現在還是
未婚……

三十二歲還沒有配偶？
你這種人類是不是有
什麼生理上的障礙？
哦！
未婚？
呃？
廢話這麼多！
快問他艾飛的
下落！
臭和尚別嚷嚷！
這裡現在由我
做主！
哇！

有僉毛刷子！你可知道沙克·陽最近綁架了一位叫艾飛的小女孩？
有的。
是無塵親手將她抱出屋子的。
你們把女孩藏在哪裡？
石頭城三里外的黑松崗。

我命令你帶我去找回艾飛！
我還要命令你磕一萬個響頭並叫我爺爺！
爺爺
爺爺
爺爺
爺爺
爺爺
爺爺
爺爺
呵呵呵！從今天起你就做本人的奴才吧……
小心，我下一個就找你開刀，逼你供出最大的八卦……
臭老頭！怎麼這麼囉嗦！
阿亮，你夠了沒！

造反啦！
脫離
EEEK
幸好是附在你這笨小子身上……
…

一離開血就沒
動力了……
神奇又詭異
的力量……
大師父！
你奪回活寶
之首啦！
太好了！
快把我的頭
還給我！
放在你身上
太不保險！
先交給大頭保
管，一直到找
回艾飛，不許
任何人碰。
嗯。
啊？

是阿亮的功勞，而且還要他叫一萬次。
噢……
為什麼他一直磕頭叫爺爺？
喔呵呵，這實在是太爽了！
哦！是嗎？
爺爺
爺爺
爺爺
救出艾飛，讓活寶合體！
烏龍院聽好！立時前往黑松崗！

第98話

沙克・陽邪心已昭然

馬臉覺悟自己是鉤子上的蚯蚓

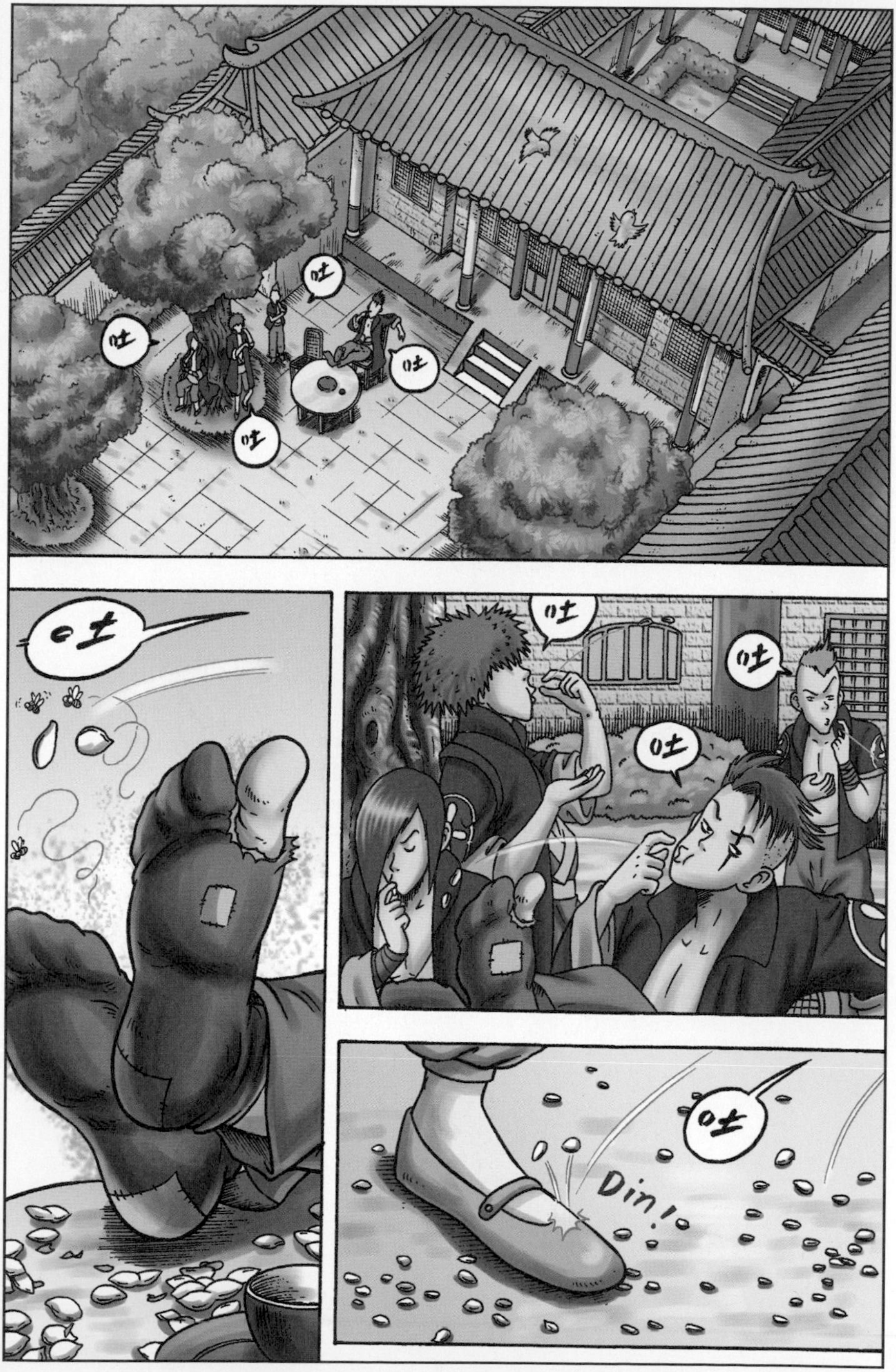
吐
吐
吐
吐
吐
吐
吐
吐
吐
Din!

喂！
你們南瓜子幫有沒有規矩啊！吐得滿地瓜子殼！
瓜子殼所吐之處，就是本幫的勢力範圍！
馬臉大嬸，你找咱兄弟來有什麼事啊？

很簡單！
把這個宅子保護好，不讓任何外人入侵！
哦？屋子裡有什麼值錢的東西嗎？
值錢？
那可是天下無雙的至寶啊！
天下無雙
既然是個大買賣，那咱們兄弟的出場費就得加碼了。
包吃包住一天三萬。

叫你們看個房子
就要收三萬？
我去找幾條狗來
也比你們強！
臭三八！
你說什麼？
敢瞧不起南瓜子幫！
哎喲！狗也說
起人話來了！
兄弟們別動怒！
何必傷和氣！
YAAA—
錢的事情沒問題！

來！
這袋銀子先請各位喝茶！
少爺……
兄弟們瞧見了沒！
主子要比奴婢大方多了！
嘻…嘻…嘻…嘻……
PA!
但是若你們讓任何生物進入屋內…小心吃不完兜著走！
聽明白了嗎？
是……小的明白！

少爺……
馬車備妥，
可以上路了！
好的！
馬妞，
我要回藥王府
給父親祝壽，
這裡就交給你
了！
是！
少爺！
駕！
馬妞也祝老
爺子萬壽無
疆！

大哥，你看這屋裡是藏了什麼好貨啊？
哼！出手這麼大方。
肯定是超超超超…超值錢的東西！
說的對！
晚上去瞧瞧！要是個大買賣，就是咱們的了！
大哥英明！
這次可發財了！
DON！
DON！
DON！
喂！別鬧在那裡！
開始上班啦！
先把瓜子殼給我掃乾淨！

黑松崗
石火城
駕！
無塵，停車。
停！

真美呀。
黃昏的景色多麼寧靜啊。
炊煙裊裊，老鴉歸林，落日餘輝……
少爺，我們還得趕路，這兒離藥王府……
不急，不急。我們是去祝壽，又不是去奔喪。

但是那叫艾飛的小女孩仍放在黑松崗的宅子裡。
所以…
我們得早些回來，以確保安全。
哦？安全！
我問你，
最近有誰去過藥王府？
……
說！
好像是…馬妞。

難怪胡阿露在死前都不知道自己拿給我服下的是「菌月」的粉劑！
哦，是她呀！
無塵，我還一度懷疑你對我的忠誠！
無塵誓死效忠沙克少爺！
HAHAHAHAHAHA
好！很好！
我已經把艾飛藏在車裡，所以馬妞看管的只不過是一幢空屋罷了。

啊！空屋？
而且我布下了毒陣……
闖入者死！
什麼？萬一有儉回來，他不就……

無塵，不需要
你擔心的事，
就不要多問。
懂嗎！
走吧！去給沙克
老頭子祝壽吧！
是的！
少爺。
COLO
COLO
COLO
COLO

COLO COLO
駕！
駕！
呼
呼
COLO COLO
RUN RUN
幸好是活寶之首控制住他的思想。
換成是我的話，早就掛了！
這傢伙實在有夠壯，赤腳跑了那麼遠，速度還這麼快！

只有你大師父老神在在，還能睡得那麼熟！
停車！
哇！對不起！把你吵醒了嗎？
前面向左轉就是黑松崗。
喔！大師父的眉毛竟然有導航功能！

什麼導航啊？
你們沒看到路
標嗎？
黑松崗
石頭城
斷雲山
原來…
啊！
馬上就要面對可怕
的沙克・陽，你們
還不提高警覺，這
樣怎麼救出艾飛？

噢喲……
嗯哼……
…
…

好難的動作……
瑜珈

醜人多做怪！
噢
咿
呃

看什麼看！
去給我巡視莊園！
哎！
嗯！
喂！你們幾個給我過來。
我覺得，她似乎是在色誘我們。
喔～大哥看上她啦！

她堵住了正堂大門，不就是擺明了「此地無銀三百兩」嗎？
大哥的意思是……
嘿！嘿！嘿！
反正都已經來了，進去看看也無妨。

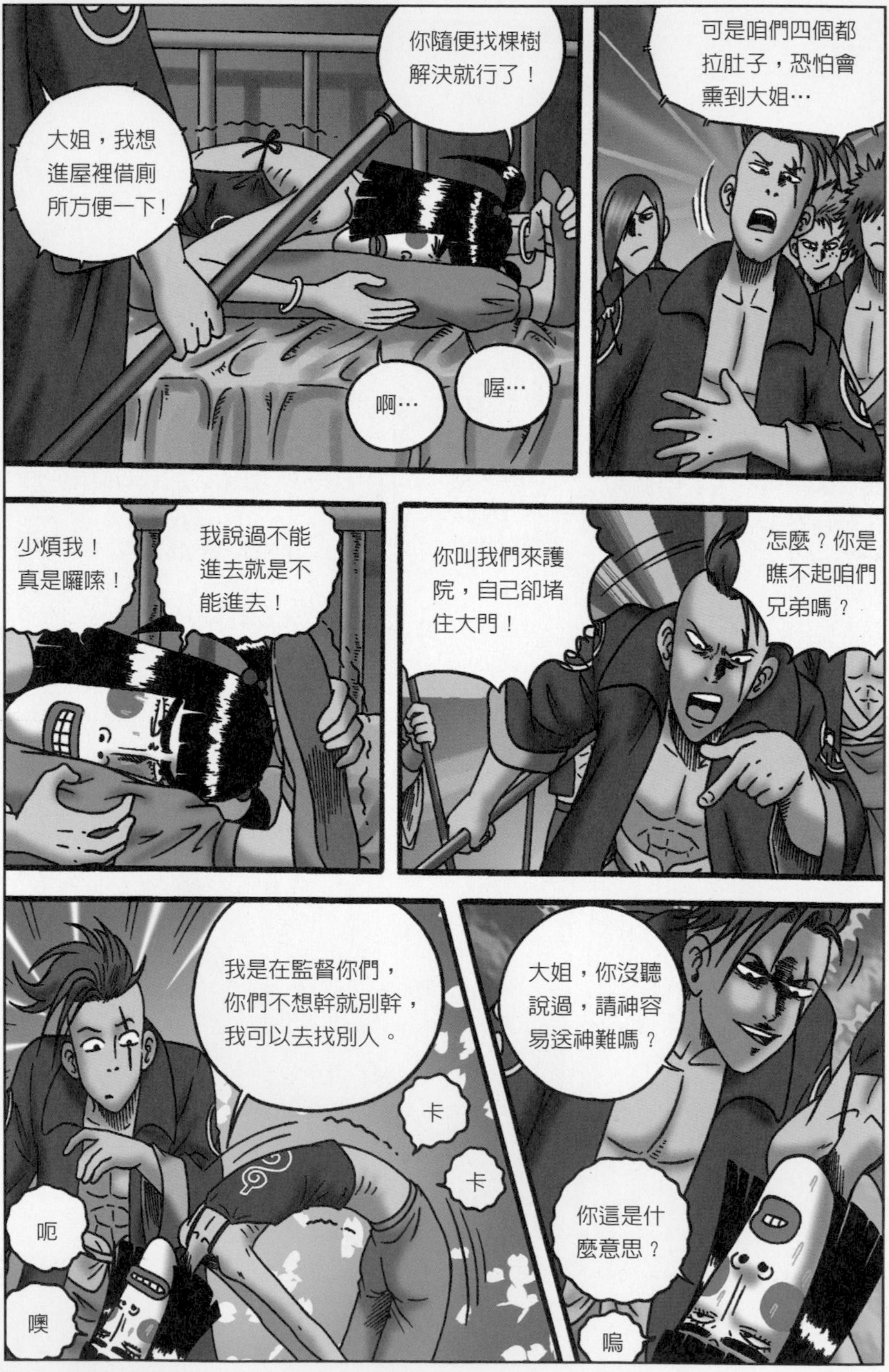
大姐，我想
進屋裡借廁
所方便一下！
你隨便找棵樹
解決就行了！
啊…
喔…
可是咱們四個都
拉肚子，恐怕會
熏到大姐…
少煩我！
真是囉嗦！
我說過不能
進去就是不
能進去！
你叫我們來護
院，自己卻堵
住大門！
怎麼？你是
瞧不起咱們
兄弟嗎？
我是在監督你們，
你們不想幹就別幹，
我可以去找別人。
卡
卡
呃
噢
大姐，你沒聽
說過，請神容
易送神難嗎？
你這是什
麼意思？
嗚

拿瓜子來！
瓜子殼所到之處，
就是南瓜子幫的地盤。
嗑
吐
幹什麼？你想幹什麼？
兄弟們，上！

醜八怪竟然像
蛇一樣滑溜…
SWA
SWA
你們竟然不顧
江湖道上的
規矩！
殺！

無恥！
下流！
卑鄙！
兄弟們！
南瓜子陣！

THROW
THROW
THROW
Den Den Den Den Den
Den Den Den
Den Den Den Den
Den
接招！

Den
Den
Den
Den
哎喲！
喔！
Den Den Den Den Den Den
嗚哇呀！
Den Den Den Den Den Den Den Den Den Den
拿下她！
我投降…

讓你見識見識
南瓜子幫的實力！
不行！不行呀！
你怎麼可以這
樣……
討厭！我
還以為你
要那個…
嘿咻！用雙肘
肌腱同時夾破
六粒南瓜子！
呼！

搬開椅子，
推開大門！
PUSH
嗚
嗚
嗚
嗚
兄弟們有沒有聞到發財的味道啊？
衝呀！劫掠一空！

TiC!
咦？
房裡只有一張床
和一個小女孩！
一個小孩為何
要保護得這麼
周到！
搞什麼鬼？
是個假人！
錢財一定藏
在床裡面！

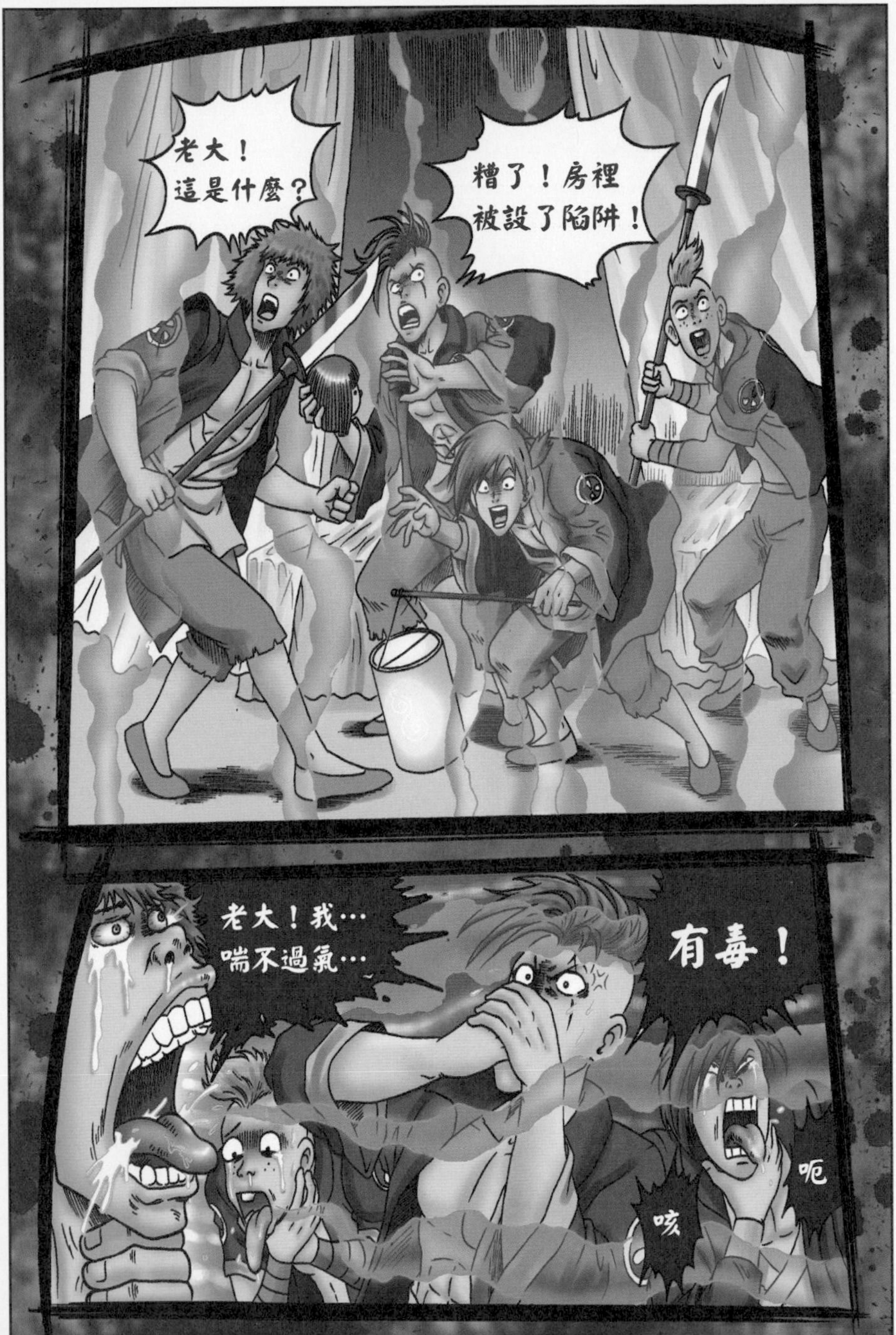
老大！
這是什麼？
糟了！房裡
被設了陷阱！
老大！我…
喘不過氣…
有毒！
呃
咳

過來呀！
噓！
大師父，這樣看大宅子沒什麼驚喜！
你先翻牆進去探探路。

AAA!
嗚~
埋伏？
徒弟！
那是什麼？

呃
呃
天哪！整個人都融化啦！
呃
別碰他！他身上有毒！
呃

呃

呃
嗚
嗚
喂！
別勒住我
的脖子！

呃
呃
FON!
哇！
馬臉！
這個人是誰？你為什麼會被綁在樹上？
別哭！回答我師父！
哇哇哇哇哇哇！
人家被欺負了啦！
這些傢伙是我找來當護院的小混混。
誰知道他們臨時見財起意，竟闖進屋子裡想搜括財物…
小艾飛呢？她…她在屋子裡嗎？

完蛋！艾飛
也在屋裡！
那她中毒
了嗎？
屋裡有毒！
你不能進去！
放開！
放開！
艾飛！
不進去怎
麼救她？
我去！
立即現身！
召喚白虎！
就是
鼻子太
醜了！
虎頭防毒罩！
進屋！
啊！

快說！沙克・陽在搞什麼鬼？
不知道呀！我只是奉命行事！
少爺和無塵護法在黃昏的時候乘轎離開了！
他們都去了藥王府，我真的沒騙你！
師父！屋子裡只有三具不明屍體！沒見到艾飛！
床上還留了一個娃娃頭！
怎麼會這樣！艾飛一直是藏在屋子裡的呀！
難道…少爺早已經把艾飛轉移到轎上帶走了！
他曾說過「闖入者死！」莫非這是他設下的陷阱？

你看！這是他故布疑陣的鐵證，是個假人！
傻妞呀！你被沙克・陽賣了還不知情！
少爺你害死了胡阿露還不夠現在又想害死我！
沒良心
可惡！
胡阿露被沙克・陽殺了！
阿露姐死得好冤！嗚…
少爺自從被左附身後，變得殘暴無常，他懷疑阿露姐對他不忠…
他算準了我們無論如何都會來找他索討艾飛。
沙克・陽竟敢耍陰招！
哼！
幸虧我們逃過一劫！
所以布下毒陣等我們入網，沒想到這些小混混成了替死鬼！

沙克・陽已經被控制，他去藥王府做什麼呢？
而且他把艾飛也帶走，難道藥王府有什麼東西是他想得到的嗎？
會不會藥王府藏著好幾打的另類活寶？
你們在這裡胡亂猜測也沒有用，只是浪費時間而已！
立即前往藥王府，盯住沙克・陽，追回小艾飛！
是！
沙克・陽如此無情！我去找季三伯，他一定有辦法對付他的！
哼！以牙還牙！

第99話

貓爪響起復仇的音符

貓女姊妹粉拳繡腿媚裝打先鋒

喵~
喵~
喵~~

DO!
DO!
DO!
DO!

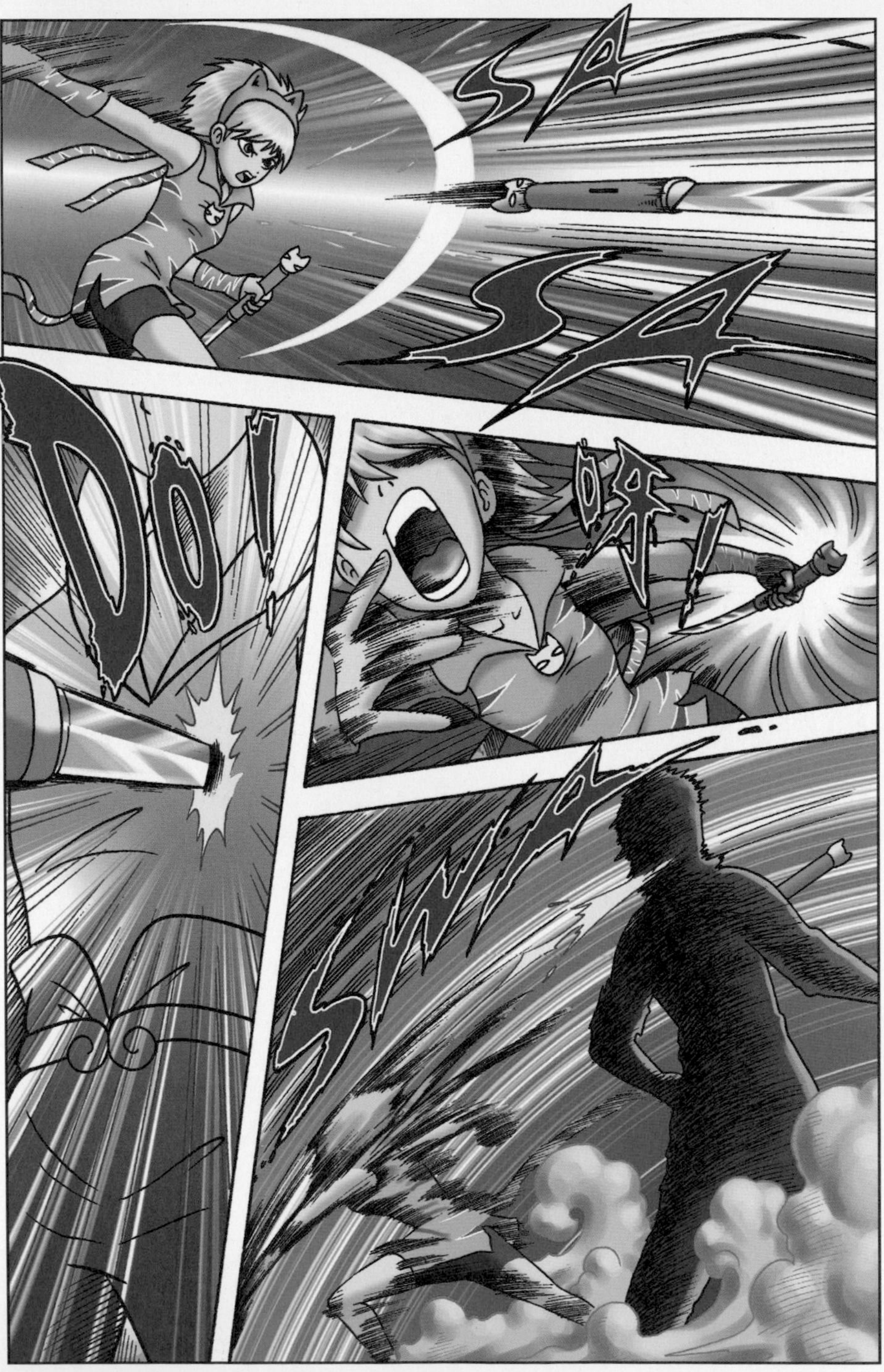
SA
SA
DO!
呀!
SWA

CRACK
COLO
暗殺技練得
不錯嘛！
誰？
嘖！屋子裡
被你弄得亂
七八糟！
才回來幾
天又在搞
怪了。
傻瓜！一個
人躲在這裡
砍木頭人。

姥姥…
小寶貝！靶子是死的，
真實的對象是活的！
你有把握能成功嗎？
喵～
喵～

只要能接近沙克・陽，我就有機會得手…
嗯…
你說的對！
但是機會在哪裡？
此次前往藥王府祝壽的賓客八方雲集，各路人馬薈萃。
現場有可能布置得像這樣空蕩蕩讓你如入無人之境嗎？！
我…

你能拿著刀闖進去
接近沙克・陽嗎？
你想想，你所謂的
機會會有多少？
你可能當著這麼
多高手亂砍？
就是嘛！
還沒出手就被
活逮了！
要刺殺別人反
而先被殺！
羊入虎口！
喵一
你們別嚇貓
奴姐姐嘛！
真的有這麼
困難嗎？
但是除此之外，
也想不出其他辦
法了。

嗯
小寶貝別心慌，姥姥會幫你的。
別哭了！我帶你去一個地方！
姥姥…
姥姥要帶我們去哪兒呀？
跟著姥姥走就是了嘛！
你們全都跟我來！
喵～

就是這間古厝。
咦？從來沒進去過耶！
你去把門打開！
好神祕哦！
這裡是什麼地方？
難道裡面有寶物？
CA!
Ge~ya

哇！好厚的灰塵。
果然有寶物啊！
我看不像！
箱子裡面就是我的計畫！
喵！
你們把箱子打開吧！
POPO
哇！好漂亮的衣服啊！
哇！有亮片的裙子！
還有蕾絲邊！好華麗喔！
棒呆了！有新衣服穿啦！
嘻嘻嘻！

我要選這件！超炫的！
穿上這件套裝，肯定迷死男生！
喂！我都還沒選，你們挑什麼挑啊？
姥姥！這些衣服是誰的？
咳！啊！是我的！
姥姥？你…
喵！
這是我當年在「小野貓合唱團」時穿的行頭。
別看我現在皮皺肉塌，
想當年我也是迷死武林群俠的人氣歌手。
WAOW

姥姥是要我們裝扮成歌舞團混進藥王府祝壽，再趁機接近沙克．陽。
喵～
嗯！小寶貝果然聰慧。
但是你只答對了一半！
以目前的形勢，你是殺不死沙克．陽的，因為他已經被活寶「左」附身了！
因此你必須混進藥王府去盜取活寶的天敵！

這種活寶天敵，
也只有煉丹師家族
的族長才有權持有，
那就是——
蠆蟲！
好！就依照
姥姥的計畫
進行！
贊成！
有希望了！
喵～
就是這樣！姑
娘們！把你們
自己美美地裝
扮起來吧！
女人的美麗也
是一種「致命
武器」啊！

好！
不錯！
不錯！
果然有我當年的風騷。
PAPA PAPA PAPA
姥姥，你看我夠騷嗎？
尺寸太小了。有超大碼的嗎？
肉都擠得爆線啦！

第100話

賀客盈門仙風道骨社

老沙克祝壽宴會裡瀰漫詭異氣氛

藥王之王
仁心仁術
流芳百世
杏林之光
耕心種德
澤世光怡
妙手回春
霧散春曉
藥王府
客人到！

把壽禮抬
進去！
晉商集團
劉總裁到！
歡迎貴賓！
請入席！
請嘉賓在禮
簿上簽名！
請在這
簽名！
劉總裁真是
大手筆哪！
晉商集團祝壽禮
鑲金白玉精雕壽
桃天使一尊。
答謝！
哦
壽

唷～今天來的全是重量級人士！
可不是嘛！最低官階的可能就是章大人的芝麻官了！
石頭城章大人壽禮匾額一塊！
壽禮
喂！你沒說這是桃木雕刻的嗎？
壽禮
壽比南山
到目前為止大人的檔次是最差的，還要我叫出來嗎？
鑽石55克拉！
黃金六百兩！
良田三十畝！
泳池大別墅一幢！
走吧！別比了！官小就低調一點唄！
禮金簿

※ ½ # ÷ の
咳
有請下一位祝
壽嘉賓入場！
壽
壽
喲！你們是…
仙風道骨社。
仙風道骨

仙
風
道
骨
奇怪？邀請名冊上沒有登記這號人物啊……
我家大仙和你家老爺都是仙界高人，豈能和這些凡夫俗子共登一冊！
噢！
我家大仙五百年才出山一次，算是給煉丹師家族面子，你可別耽誤大事！
啊～是！是！

大仙
大仙
您有壽禮嗎？小的給您登錄！
吶！壽禮在此
仙風道骨
啥咪？一……一顆……蛋蛋？
此乃長白山絕世珍禽「九頭金尾鳳凰」僅存的最後一顆蛋！
侮辱了聖物，會遭天打雷劈的！
還不虔誠地捧好！讓你全家老少保平安！
捧好了！這是聖物！
大仙請入座
大仙慢走！
嗯
仙風道骨
你真行！
一顆鵝蛋就搞定了！
嘻

道骨
哇！好熱鬧喲！

哇噢！

呵呵！少林寺也來了！
武當派的劍士！
不會吧！就連丐幫也到場了…

長眉你看！各大門派都來啦！
小聲點，這裡多熟人，別叫我名字，當心被認出來！
忘記了！
坐這麼遠，看不清楚台上的表演啦！
台上的演員看起來只有螞蟻大小…
安靜！我們是來找艾飛，不是來看戲的！
噢！是的！是的！

好
好
好
好
戲台上演的是娛樂節目嗎？
那叫做「唱堂會」！
老沙克治療過許多人的重症，那些受過他恩澤的病家，就藉著祝壽的機會，請戲班子來表達謝意！
是啊！
就像是寺廟裡祈福者還願的酬神戲！

噢！我明白了！
就是「滴水之恩應當湧泉相報」的意思！
嗯！對極了！
就是要知恩圖報！
大師父對我恩重如山，七十大壽的時候我也會請戲班子來唱堂謝恩的！
呵！
好！
好！
傻小子還真孝順！
大師父喜歡脫衣秀還是鋼管舞？
哎呀

沒事！沒事！只
是…椅子壓到腳！
咳
嗚…
哇、哇、哇、哇、哇…
你看！戲台好像
要換節目了！
嘩
嘩
嘩

各位親愛的貴賓！
歡迎蒞臨藥王府！
我們是「小野貓祝壽集團」！
小野猫
喵！
祝老爺生日快樂！
祝老爺生日快樂！
祝老爺生日快樂！

請以熱烈掌聲歡
迎我們的主唱：
「小野貓」！

明月幾時有，
把酒問青天，
不知天上宮闕
今夕是何年？
起舞弄清影，
我欲乘風歸去，
又恐瓊樓玉宇
高處不勝寒。
何似在人間！

轉朱閣～
低綺户～
照無眠～

不應有恨，
何事長向別時圓？
人有悲歡離合，
月有陰晴圓缺，
此事古難全。
但願人長久，
千里共嬋娟。

好！
好！
唱得好哪！
PAPAPA
你別跟著起鬨！
嗚……
哈哈哈！
歡迎各位嘉賓蒞臨家父的七十大壽！
大家要玩得盡興點啊！
沙克・陽！
他出現了！

現在怎麼辦？
太突然了！
要動手嗎？
喵
喵
喵
小野貓！
EEEEK
你的聲音真好！有榮幸賞臉和我合唱一曲嗎？
啊…是的！
當然可以！
不知道少爺想唱什麼曲子？
即興作曲；對唱情歌！

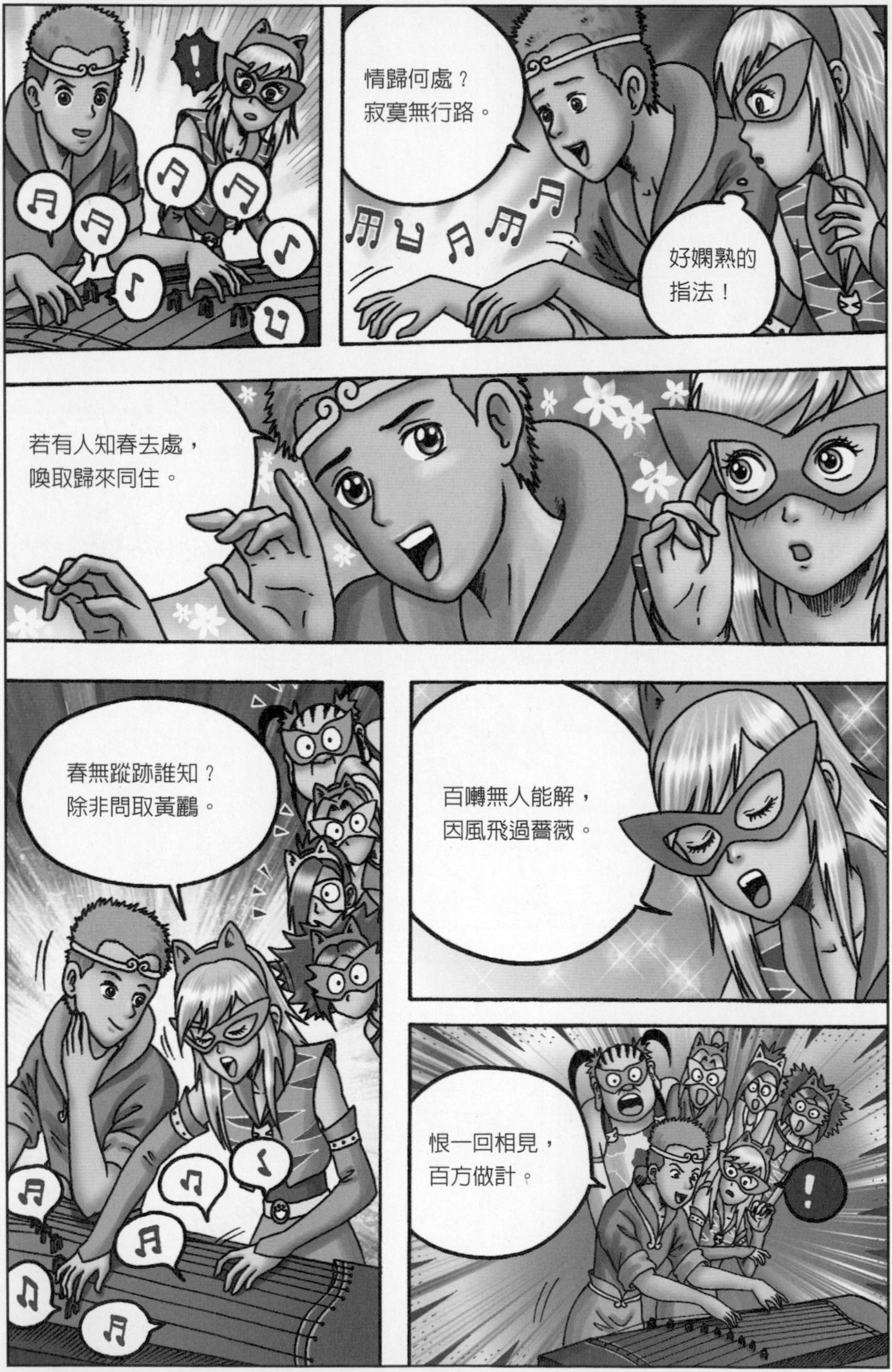
情歸何處？
寂寞無行路。
好嫻熟的指法！
若有人知春去處，
喚取歸來同住。
春無蹤跡誰知？
除非問取黃鸝。
百囀無人能解，
因風飛過薔薇。
恨一回相見，
百方做計。

鏡裡拈花，
水中捉月，
添憔悴！
我為靈芝仙草，
不為朱唇丹臉。
醉舞下山去，
明月逐人歸。

你的歌聲這麼婉約
動人，人一定長得
更嬌美！
拿下眼罩，讓我看看
你的真面貌吧！
不…
喵
喵
喵
喵

眼罩拔下來就糟了！
準備武器攻擊！
沙克少爺，老爺子請你到百草堂去談話。
！

嘿！等一下，你別走啊！
還沒有請教你的芳名哪！
我…您就叫我小野貓吧！
哈哈！小野貓！等我忙完會再來找你的。
走唄，去見我老爸吧！
是！

這個殺千刀的左，見到美女就花心，還說要愛我一萬年……
喔！你是在吃醋嗎？
依照我這個愛情專家來看，他們兩個是來電囉！
活寶在吃醋的時候才會有電！
BAZ
BAZ
…
妹子，你在發什麼呆呀？
啊！
我們繼續演唱吧！

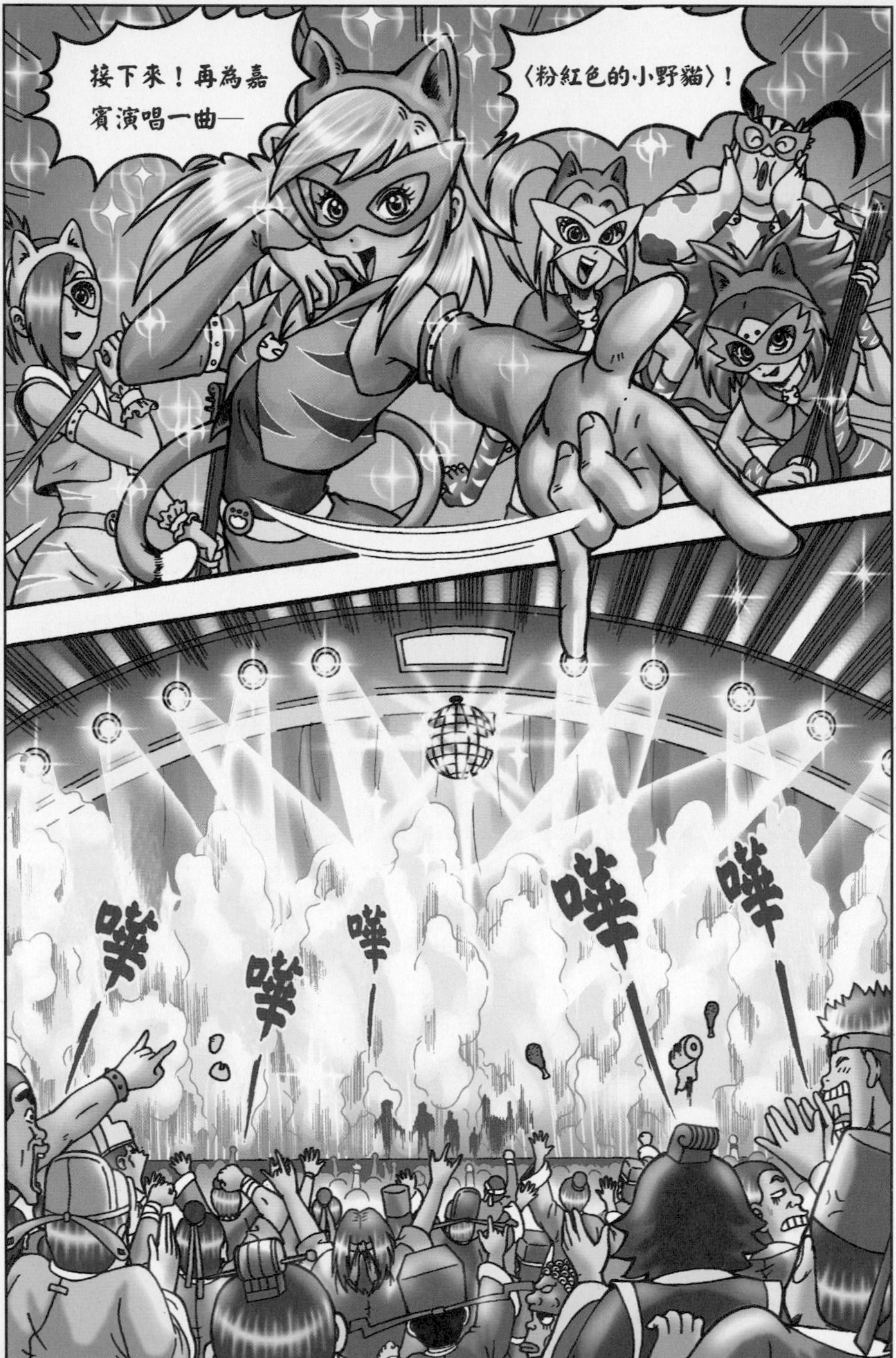
接下來！再為嘉賓演唱一曲—
〈粉紅色的小野貓〉！
嘩
嘩
嘩
嘩
嘩

SOWS
SOW
SOW
ONE
TWO
THREE
GO

我們是一群小野貓～～
一群粉紅色的小野貓～～
勾魂的雙眸，
誘人的紅唇。
喵～喵～

青春盪漾，神采飛揚
喵—
喵—
我是一隻粉紅色的小野貓。
喵
喵

無拘無束就像天空的雲朵，
追求奔放如同大海的浪花。
我是一隻粉紅色的小野貓……
meo
meo
meo
meo
meo

meo
meo
你發什麼春？喵嗚喵嗚吵死人啦！
meo
Meo
啊！連你這個肥佬也跟著起鬨！
meo
Aow
Meo
Meo
Meo
啊！外面清靜多了…
！
少爺
咦？你們怎麼不走了？
您走錯路了。

哦！
是嗎！
無塵，
你過來。
你告訴我
是哪裡錯
了。
是的，
少爺。
百草堂應該
往左邊走。
你給我
跪下！
這
！
我叫你
跪下！
屬下不知
犯了什麼
錯……
還要我提
醒你嗎？
你明知道「我」現
在的狀況，為什麼
不走在前面帶路？
是的，都怪我
一時疏忽。

屬下親自為少爺領路。
這還差不多。
我跟過去看看……
咻—!
百草堂

老爸！
生日快樂
哇咧！
完全沒有反應？
少爺你別亂叫，他是園丁葛叔，不是沙克老爺！
啊！認錯爹啦！
他又聾又瞎，但精通園藝植栽。
難怪他不理我。
你下次反應快一點，別再讓我認錯爹了。
是
這間破茅屋就是百草堂嗎？
少爺你又認錯了，
那一間才是沙克老爺的煉丹房—
百草堂！

更破的小茅房！煉丹師也太可憐了吧！
…
少爺又搞錯了，這裡是廁所。
請你向右邊看。
右邊！
是的！不是左邊。
喔喔！這就是百草堂啊。

第101話

目光如鷹的老煉丹師

沉木腐雕溢出令人窒息的壓力

我喜歡站在這沉木腐雕的前面思考難解的問題。
可是事態的發展，已經完全在我意料之外了。

煉丹師家族歷代遵循祖訓，奉天命追回活寶，復活秦皇。
萬萬沒料到結果竟是自己的兒子被活寶附身了。
父親，聽說弟弟是自願這麼做的。
我也聽說你遣人讓他服下菌月了？
是嗎？
是！
我是想藉此逼出活寶！
只可惜，劑量太少，未能辦到！

萬一失手弄死了怎麼辦？你知道後果嗎？
父親所指為何？沙克．陽？還是活寶？

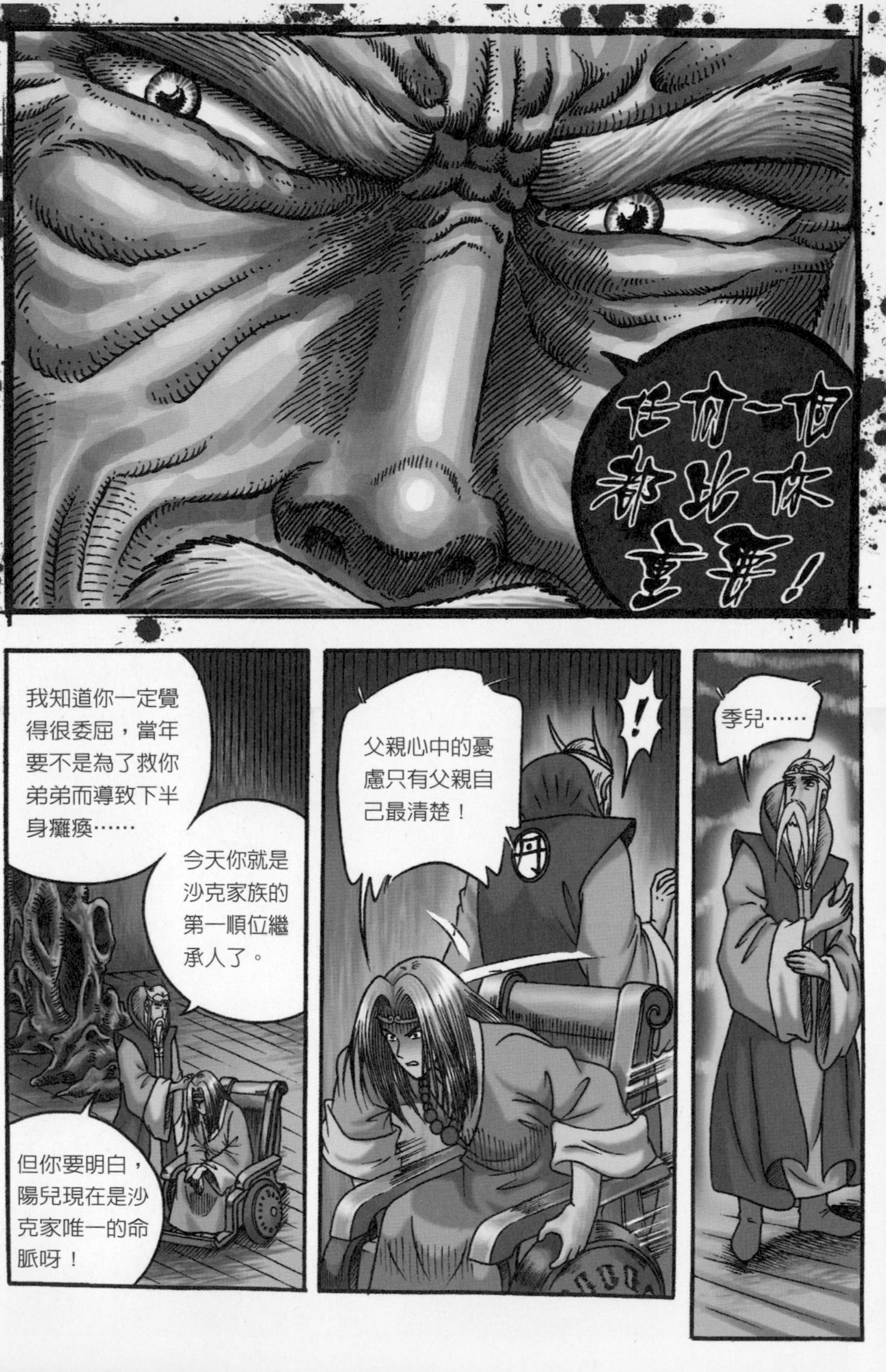
任何一個
都比你
重要！
我知道你一定覺得很委屈，當年要不是為了救你弟弟而導致下半身癱瘓……
今天你就是沙克家族的第一順位繼承人了。
但你要明白，陽兒現在是沙克家唯一的命脈呀！
！
父親心中的憂慮只有父親自己最清楚！
季兒……

喵—喵—
謝謝大家！
謝謝……
啵！
小野貓！
小野貓！
太棒啦！
我愛你！
你是我的女神！
請各位安靜！
再來一曲！
再來一曲！

感謝嘉賓們的熱情！哈哈……
讓小野貓休息一下！她們已經超唱半小時啦！
再見！
謝謝大家！
接下來的節目，是由各大藥商董事長夫人所組成的「ㄚㄚ合唱團」。
啥？
「ㄚㄚ」？
讓我們以熱烈的掌聲歡迎，ㄚㄚ合唱團！
請鼓掌！

依比比丫丫依比依比丫
依比丫丫依比依比丫
依比丫丫依比丫丫
依比依比丫丫
依比依比丫～
噁～
嘔～
吐～
噁～
天啊！差太多了吧！
依比丫丫
奇怪？長眉出去這麼久，怎麼還沒回來？
收驚
收驚

也沒看到他在外面？他會跑去哪裡呢？
沙克・陽把艾飛帶來藥王府…老頭子會不會是自己先去找了！
有可能…
如果艾飛真的在這裡，我是可以感應到的。
好吧！那我們也四處找找看！
是！
是！

呵呵呵呵
舞台休息室
今天的節目超夯喲！
我們的演唱太成功啦！
這輩子還沒接受過這麼多的掌聲！
對呀！感覺自己就像明星一樣！
我們真是天才！嘿……
喵～

你們別往自己臉上貼金了！
最主要應該是貓奴的功勞才是！
……
貓奴，你怎麼啦？沒事吧！
沒什麼，只是想靜一下！
喵～
嘰嘰喳喳，嘰哩咕嚕…

我說那個沙克少爺
還挺帥的嘛！
剛才摟著你的腰
對唱情歌，可真
是美極囉！
嘿！被他親吻
小手的滋味很
甜美吧！
喵～
得了吧！姊
妹們別再胡
說八道啦！

就是嘛！
我們可是來幫你的。
別再說了！
喂！幹嘛一副撲克臉呀！
不想幫就回去！
我可沒求你們來！
SLAM

喂！你這是什麼態度呀！
是不是被那個沙克少爺的情歌給打動芳心啦？
對呀！嘻嘻嘻！
少胡說！閉上你們的貓嘴！

BADA! BADA!
他是我的仇人!
你想怎樣?
要翻臉不成?

拜託別內鬨！
行不行啊！
誰稀罕你們！
我的事，我自己會處理！
貓奴姐！
你要去哪裡？
哼！有什麼了不起！
喵～

喵
……

那個人是誰？
煉丹師的大少爺。
是「你」一沙克・陽一的哥哥。
嗨！親愛的老哥！

幹嘛一臉憂愁呢？
見到我應該很高興吧！
SQUEA!
瞧你一副志得意滿的樣子！
有了活寶很得意吧！
你是羨慕？還是嫉妒？你內心巴不得是你得到活寶，對吧？

你說話愈
來愈囂張
了！
目無尊長！
沒辦法！誰叫
我這麼優秀呢？
對不對？
瘸子老哥！
狂妄的
傢伙！
省點力氣留著
推輪椅吧！
我可以感受到你
心中的那股仇恨！
那是長久以來因為
對我的嫉妒，累積
壓抑所造成的！

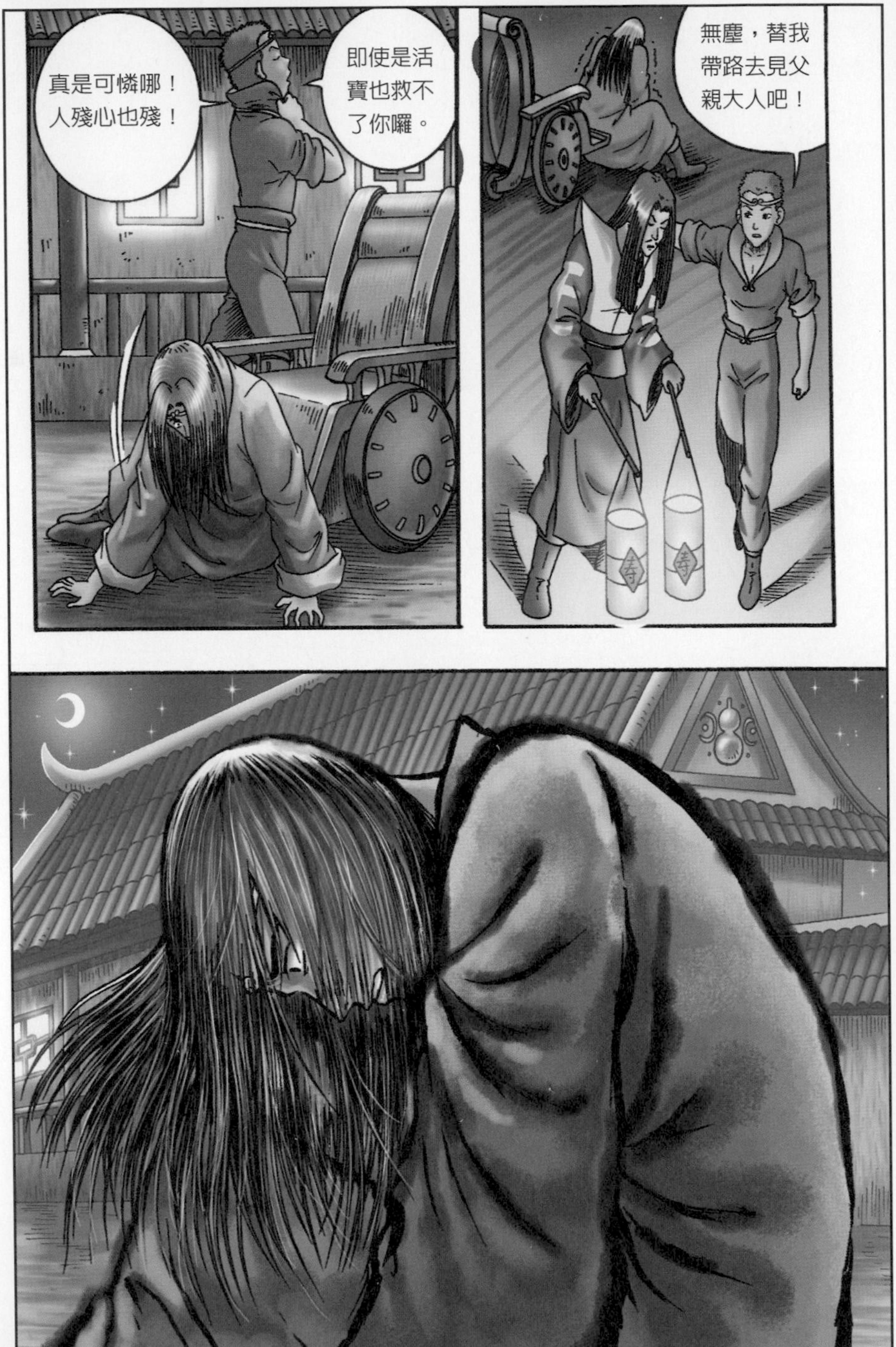
真是可憐哪！人殘心也殘！
即使是活寶也救不了你囉。
無塵，替我帶路去見父親大人吧！

…
那個坐輪椅的人和沙克．陽究竟是什麼關係？
如果真的是親哥哥，那又為什麼…
啊～
SLIP
啊！是你。
季三伯，讓我送你回去吧！

藥安堂
少爺，到了！
怎麼感到一股寒氣…
少爺，你沒事吧？

無塵，你留在
外面，讓少爺
一個人進來。
是！
!
藥安堂
少爺，
請吧！
Yeon

全部都是沉木的腐味。
這裡的氣息讓人窒息……
啊？
!!

那是……
不！
浸泡在藥水裡
的人參墳場！

PA
哇

誰？
喂！你想幹什麼？
滾開！
嗅
嗅

我，在聞
我兒子的
味道。
嗅
嗅
而且，我還
聞到了另外
一種味道。
是活的人參味！

哦！是嗎……
我也聞到了菌月蟲的味道！
牠就在這個房子裡！

既然知道活寶的
天敵在這裡，為
什麼還要來？
我是來找一
樣東西的。
你找什麼？

哈哈哈哈
你……
為何要露出驚惶的表情呢？
嗯！讓我再來猜猜看……
菌月蟲就在你身上！

你別過來！
嘿嘿！躲開幹什麼？
PA!

怎麼啦？難道是被我猜中了？

不好！菌月蟲聞到活寶的味道了…
真聰明！
沒想到你竟然把牠養在自己的肚子裡！
嗚…
菌月蟲！
你破腸而出來吃我呀！
嘿嘿嘿…
丹

來呀！來吃掉煉丹師家族唯一能傳宗接代的沙克．陽呀！

很捨不得
是嗎？
想得到活寶又
怕失去兒子。
哼！真是愚蠢又
矛盾的人類。

深沉的老煉丹師面對著眼前狂傲的沙克．陽，不敢相信這是他親手調教出來的接班人。但他相信活寶「左」，確確實實已經完全控制住了他的兒子。當老沙克得知烏龍院已經取回活寶之首，並潛入藥王府要伺機奪回艾飛的消息時，滄桑的老臉浮現詭異的笑容，一個計謀正悄然在他心中成形……

有如喪家之犬的馬臉推著心情跌至谷底的季三伯，兩人如蜉蝣一般飄在月光之下，他們會有什麼交集嗎？季三伯難道就這樣甘心自己的尊嚴遭人踐踏嗎？哀兵出奇制勝！他與馬臉會爆出什麼樣的「反擊行動」呢？

沙克．陽極其大膽地把艾飛帶回藥王府，他敢有恃無恐得如此極端，想必就是面對非常難關的非常手段。要不就是讓左寶「右」復活，要不就是同歸於盡。

而躲在暗處伺機要刺殺他的貓奴，卻又因為在舞台上短暫的邂逅，令少女含苞待放的心激起了漣漪。

命運，總是在轉彎之處讓人產生矛盾……

下集預告

精彩草稿

根據以讀者為對象所做的採樣調查，烏龍院漫畫裡最喜歡的女性角色是哪一位？艾飛和貓奴各占一半的粉絲票！我女兒有個大她兩歲就讀小學四年級的好朋友，每次見到面就會追問：「貓奴怎麼了？她後來呢？」或許在烏龍院初創的時候太過於陽剛氣，四個主角全是男生！所以每當戲裡出現女性角色時，總會特別引人注意！

咦？這會不會和我老家從小只有四個兒子沒有姊妹有關係呢？難道是潛意識裡缺乏對女性角色的理解？嗯！以後要多多研究女性才對！或許再來搞個《烏鳳院》，裡面全是女的！

嘿嘿……這個創意挺有挑戰哩！

有句俗話說：「書到用時方恨少。」

的確是呀！而且這樣的「感想」拿來放諸於漫畫藝術裡，也是相通的。在大長篇漫畫冗長的製作過程中，會由於劇情需要而安排多種不同模式的背景，有山水河谷，有街道胡同，還有各式各樣的房舍樓宇。室內的擺設更是五花八門，甚至像草稿裡的樹木、盆花……

臨時要畫的時候才發覺到：「哇！這要怎麼畫？」然後才慌張地去找資料，所以有誰敢拍胸脯保證自己什麼都會畫呢？我很喜歡看大樹，尤其是欣賞底部那種盤根錯節充滿著生命的軌跡。畫漫畫也是從一張白紙開始，到現在已經畫超過十幾萬頁了。學學大樹的沉穩和謙和，才是覺悟。

南瓜童話

在仙女棒的加持下，灰姑娘滿是油垢的圍裙變成了亮麗的禮服，坐上南瓜變成的豪華馬車，一路奔赴皇宮參加王子的舞會。

王子正發愁找不到順眼的舞伴，當他見到灰姑娘的瞬間，那對風流倜儻的藍眼睛差點蹦出眼眶！他摟著灰姑娘平常擦地板磨練出來的柳腰，感覺眼前這名陌生美少女雙眼流露出來的氣質是那群每天穿著義大利名牌衣服、噴著法國香水的鶯鶯燕燕所遠遠不及的。

他目不轉睛地盯著她溫濕的紅唇，每當她喘一口氣，就令王子小鹿亂撞怦然心動！他的手愈摟愈緊……幾首華爾滋圓舞曲轉下來，他發覺有些頭暈！啊！是現場的空氣有些凝重，那群原本要來爭著和王子跳舞的貴族名媛每個都怒目圓睜，瀰漫著濃烈的「醋味」，已經殺死了好幾隻飛過的小蠅。但是風流的王子自從和灰姑娘進入舞池之後，幾乎是旁若無人地對她們的低胸禮服視若無睹。這些嬌氣的千金們噘著嘴翹得老高，都可以掛上油壺了……

牆上華麗的水晶鐘正忠實地走向午夜十二點，灰姑娘埋首在王子寬厚胸膛裡的腦門猛然想起肥仙女的警告：「超過午夜十二點，一切都會恢復原狀。」她不顧形象地拉起蓬蓬裙邁開玉腿向出口奔去，那該死的高跟鞋偏偏在此時遇上了該死的樓梯！

灰姑娘暗叫一聲：「該死的東西！」

王子以為是剛才吃豆腐太過火惹毛了小妮子，當場傻住！當他回過神的時候，灰姑娘已經登上豪華馬車絕塵而去！只留下了樓梯上的那一隻高跟鞋……

車輪狂轉！像風一樣消失在暗夜之中。半夜十二點鐘聲響起，咒語解除之後，灰姑娘又回復了蓬頭垢面的土樣，而那顆變成豪華馬車的南瓜呢？咦？……為什麼在原來的故事裡沒有交待這顆南瓜的下場呢？

三月裡小田園栽下的南瓜苗，在五月就有了收成。原本以為可以親手捧到灰姑娘故事裡的南瓜，不料小田園培育的竟然是「長條型」的南瓜；其實就是品種不同而已，但是那種「童話心情」頗感失落！

以下是我對那顆南瓜寫的新劇本：

自從南瓜被灰姑娘的屁股坐過之後，也狂戀上她了！第二天早上南瓜趁著肥仙女還在打呼熟睡的時候，偷偷地用仙女棒把自己變成了風流帥王子，然後捧著那隻仿冒的玻璃鞋敲開了灰姑娘家的大門……

所有的童話故事當然都是以「從此以後，他們過著幸福快樂的日子……」來做結尾。

午夜十二點的鐘聲依然準時地敲響了！

剛入洞房的灰姑娘傳來駭人的尖叫聲：「哇！南瓜！」

2009/6/9於花蓮

時報漫畫叢書 FT831

活寶13

作　者—敖幼祥
主　編—林怡君
編　輯—李振豪
美術設計—溫國群 lucius.lucius@msa.hinet.net
執行企劃—鄭偉銘
董事長
發行人—孫思照
總經理—莫昭平
總編輯—陳蕙慧
出版者—時報文化出版企業股份有限公司
10803台北市和平西路三段二四〇號三樓
發行專線—（〇二）二三〇六—六八四二
讀者服務專線—〇八〇〇—二三一—七〇五（〇二）二三〇四—七一〇三
讀者服務專線—（〇二）二三〇四—六八五八
郵撥—一九三四四七二四 時報文化出版公司
信箱—台北郵政七九～九九信箱
時報悅讀網—http://www.readingtimes.com.tw
電子郵件信箱—ctliving@readingtimes.com.tw
法律顧問—理律法律事務所 陳長文律師、李念祖律師
印　刷—華展印刷有限公司
初版一刷—二〇〇九年八月三日
初版二刷—二〇一二年十二月十七日
定　價—新台幣二八〇元
◎行政院新聞局局版北市業字第八〇號

ISBN 978-957-13-5072-1
Printed in Taiwan

活寶

為感謝大家對烏龍院系列作品的支持，時報出版特別舉辦回函贈獎活動，凡收集《活寶13》、《活寶14》、《活寶15》三冊截角，並附上已貼妥五元郵票的回郵信封（信封收件者寫上自己的姓名及住址），寄到「10803台北市和平西路三段240號3樓，時報出版社活寶活動收」並註明姓名、年齡、電話、住址、電子信箱即可獲得特殊限量贈品。

※贈品兌換期限自即日起至2010年1月31日為止，
依來函先後順序兌換，限量五百份，換完為止。

實際贈品及活動時間若有更動，以時報悅讀網 www.readingtimes.com.tw公布為主。
時報出版保留活動內容更動及中止之權利。